I0692327

VES ÉRASE UNA VEZ...

LARUPRA

Ilustraciones:
Fernando Duque «dukefer.art obstinado»

snow
fountain
press

VES ÉRASE UNA VEZ...

ISBN: 978-1-951484-81-1

Snow Fountain Press
25 SE 2nd. Avenue, Suite 316
Miami, FL 33131
www.snowfountainpress.com

Dirección editorial: Pilar Vélez
Revisión ortotipográfica: Marina Araujo
Ilustraciones: Fernando Duque «dukefer.art obstinado»
Diseño y diagramación: Alynor Díaz

ÍNDICE

PRÓLOGO

◆ ⌁⌁⌁ ◆

Estas breves líneas introductorias de ningún modo pretenden ser un prólogo. Aspiran, en todo caso, a ser una invitación a los lectores y a las lectoras que, seducidos por las palabras que dan título a esta obra, albergan la esperanza de encontrar en sus páginas a los personajes entrañables, protagonistas de los cuentos que poblaron su infancia.

Ves érase una vez... nos adentra a una gran aventura de la cual es imposible salir indiferentes. Con apenas dar vuelta esta página y posar los ojos en la primera frase de «Amor» se siente una curiosidad desmedida que nos impulsa a leer cada una de las historias con «Voracidad».

Advertiremos asombrados la existencia de un universo paralelo, diferente al imaginado, pero no por ello desconocido. LaRupra, haciendo gala de un indiscutible dominio de la brevedad, el humor y la ironía, nos introduce magistralmente en la intimidad de los personajes que habitan dicho universo para dar cuenta de la «Cotidianidad», la «Ira», la «Perfección» y la «Vanidad» que los atraviesa. Conoceremos los deseos más íntimos y las pasiones más oscuras que los dominan, teniendo en cuenta que, cualquier similitud con la realidad, es casual.

Aventurarse a entrar en el mundo de *Ves érase una vez...*, supone la valentía de correr los velos que cubren el mundo que habitamos e interpelar las normas y los discursos hegemónicos para poder observar nuestras realidades con mayor agudeza y autenticidad.

Patricia Dagatti
Escritora Argentina
Magíster en Escritura Creativa en Español
Universidad de Salamanca (España)

◆ ⌁⌁⌁ ◆

Como cualquier miembro de la familia Asteraceae,
esta herbácea suele hacer lo suyo cada noche de luna
creciente: los blancuzcos y amarillentos pétalos danzan
hipnotizados por la densa luz plateada que adorna
su contextura delgada, seca y pilosa. Se mecen con
suavidad hasta conmover al más inhumano de los
humanos. Esparce un poco de su esencia, un poco de
amor seco cada noche después del trabajo.

◆ ⌁⌁⌁ ◆

AMOR I

♦ 〰〰〰 ♦

¡Bésame con locura! Le suplicó la hermosa
princesita. Y él, por temor a contagiarse,
prefirió ser sapo para siempre.

AMOR II

◆ ∿∿∿ ◆

Y al sentir los carnosos labios del caballero,
el viejo enano despertó de su sueño eterno.

AMOR III

◆ ∿∿∿ ◆

Después de años de convivencia, algunos
golpes y pocos *te quiero*, la princesa se dio
cuenta de que su príncipe no era tan azul
como se lo habían pintado.

CANCIÓN DE CUNA

◆ ⋀⋀⋀ ◆

¡Duerme, mi niño, duerme! Canta famélica
Caperucita mientras amamanta a su lobito.

UNA MUESTRA DE AFECTO

◆ ⌃⌃⌃ ◆

El fiel cazador cumplió su promesa de
amor eterno. Ahora, su rostro pálido como
la nieve, su pelo negro azabache y sus
labios ensangrentados hacen juego
con la decoración.

UNA BUENA MADRE

◆ ∧∧∧ ◆

Jadeantes, deambulan las cabritas esperando
que su madre regrese de su cita a ciegas
de hace dos noches.

UN HERMOSO DÍA

Bajo el sublime cielo azul de la primavera,
el rey cavaba la tumba de aquel sirviente
enamorado.

INTRÉPIDO SOÑADOR

◆ ∿∿∿ ◆

El soldadito de plomo lloraba al ver a su dulce bailarina hacer el amor con otras.

PERTURBACIÓN ANÍMICA

◆ ∿∿∿ ◆

En medio del bosque se avistaba una pareja. Eran Rumpelstiltskin y la sirenita que yacían abrazados el uno del otro. Su libídine era tan fuerte que sus cuerpos no se separaban a pesar de las llamas.

ACTO DE FE

◆ ∿∿∿ ◆

El hada danza alrededor de la hoguera,
el diablo recita una a una las palabras
del libro sagrado, Yorinda se baña con la
sangre de aquella criatura emplumada.
Han pasado unas cuantas sesiones y
Yoringuel aún no ha dejado de amarla.

*Érase una vez la cotidianidad, quien, al compás
de las horas, los minutos y los segundos, se convirtió
en testigo de aquel juego llamado vida.*

LUNES

◆ ◇◇◇◇ ◆

Es lunes y el lobo, como todos los lobos, se
levanta hambriento. Mira a su lado y ve a la
abuela aún durmiendo: está claro que no será
ella quien preparará el desayuno. Se dirige
hacia la nevera y extrae de allí los restos
cocinados de la princesa (receta de la abuela).

MARTES

◆ 〜〜〜 ◆

«Martes otra vez », se quejan los enanos.
Aburridos de la rutina deciden quedarse en casa.
Suena el teléfono una vez, dos veces, tres veces,
pero no quieren contestar. Saben que es por
la liturgia semanal de Blancanieves. Una taza
de café, galletas de avena y lágrimas
de princesa abandonada.

MIÉRCOLES

◆ ∿∿∿ ◆

Después de terminar los quehaceres, guisar
la cena, dormir a los niños y hacer el amor,
Rapunzel prende un cigarrillo y maldice el
día que fue rescatada de la torre.

JUEVES

◆ ∿∿ ◆

Y frente a frente, sentados en la mesa ubicada
al lado derecho junto a la ventana, en la
panadería de la esquina, tomando una taza
de café, se encontraban la abuela de
Caperucita y el lobo feroz. Después de un largo
silencio y treinta y tres años de matrimonio,
ella lo mira severamente y le dice:
«sostenme el saco, necesito ir al baño».

VIERNES

Sentadas alegremente alrededor de una
mesa redonda y bajo el aroma de un
exquisito té, las princesas planean la
muerte de sus invitados.

SÁBADO

◆ ◇◇◇◇ ◆

Como cualquier sábado en la noche,
Blancanieves y Cenicienta se arreglan para
salir de fiesta y esperar en la entrada de la
taberna a su príncipe azul. Lo que ellas no
saben es que hay príncipes de todos
los colores menos azules.

DOMINGO

Al momento de servir los tragos, el más viejo de los enanos anhela que alguno de esos caballeros lo desee con las mismas ganas que desea la amarga bebida que cada noche le sirve.

◆ 〜〜〜 ◆

Conmovida por los vejámenes del ser humano, la ira,
con total calma, transita entre vicios y virtudes a la
espera de algún corazón frustrado para alimentarse.

◆ 〜〜〜 ◆

MELODÍA PERPETUA

◆ ⌁⌁⌁ ◆

Abrumado por los exasperantes reclamos
que diariamente derramaban los suaves
labios de su amada, Rumpelstiltskin tomó
hilo y aguja y dio puntada final hasta
escuchar el silencio armónico
impregnado en odio.

SATISFACCIÓN INQUINA

◆ ⋀⋀⋀ ◆

Gretel, acusada por el delito de abandono,
aún sigue creyendo que fue justo lo que
hizo. Luego de haber sido entregada en su
niñez a las garras del espeso bosque por su
madre, esta última merecía ser tratada de la
misma manera. Ahora es ella quien
se encuentra a merced de
los ángeles negros.

UN MAL DÍA

◆ ∿∿∿ ◆

Al llegar a casa, el caballero notó la extraña
mancha morada que aparecía en su rostro.
Fue entonces, cuando recordó los gritos
de aquella endemoniada dama que lo
maldecía por habérsele atravesado
en su camino.

INQUIETA ALUCINACIÓN

◆ ∿∿ ◆

En un lugar no muy lejano, entre sabanas
y sudor, Yorinda traza con la yema de
sus dedos los deliciosos cuerpos de Bella
y su lacayo. Mientras tanto, cegado por
los celos, Yoringuel, ejecuta al diablo
culpándolo de haber condenado
la pureza del amor de su vida.

EPISODIOS

◆ ∿∿∿ ◆

Sus afligidos y enrojecidos ojos advertían
la perturbación de su alma cada vez que el
príncipe se transformaba en Bestia cuando
la apetencia lo poseía.

SENTENCIA

◆ ∿∿∿ ◆

Frustrado por la soledad de aquel castillo,
construido con sus propias manos,
caminaba Pulgarcito impaciente entre lilas,
jazmines y almendros. Fue en ese instante
cuando tomó la decisión más importante
de su vida. Desde entonces, ya no cabe un
cartel más de desaparecidos
en la gasolinera.

FRENESÍ

Su desilusión fue tan fuerte, que aquel
dulce corazón de madre se convirtió en la
sombra que torturaría al lobo hasta
el final de sus días.

♦ ∿∿∿ ♦

*Era la incorrección, aquella que invocaba
las más oscuras pasiones del ser humano,
para convertirlo en pureza.*

♦ ∿∿∿ ♦

PSICODÉLICA MANIFESTACIÓN ARTÍSTICA

◆〰〰〰◆

«Inevitablemente hermoso», presumió
Cenicienta cuando vio el cuerpo
ensangrentado.

EL SASTRECILLO VALIENTE

◆ 〰〰〰 ◆

«¡Maté a siete!», gritó entusiasmado
el sastrecillo, ante las miradas fijas
de las otras seis mujeres.

DULCES SUEÑOS

Y mientras su madre se retorcía en las
cenizas de sus pies calcinados, Blancanieves
apenas pudo disimular una sonrisa.

EL MATRIMONIO IDEAL

◆ ∿∿ ◆

Además de cuidar de los tres cerditos,
Yoringuel cocina, limpia la casa y lava la
ropa. Ella prefiere un buen reguetón.

HOGAR, DULCE HOGAR

Rescató a la doncella de la sumisión
paterna y la llevó a su nuevo hogar, lugar
donde sus quejidos serán música
para Pulgarcito.

MUDA TRANSFIGURACIÓN

◆ ◇◇◇◇ ◆

Después de dos meses, cinco horas y treinta
y tres minutos de encierro, soy otra. Me
aburrí de fastidiar a Cenicienta, envenenar
manzanas y dormir princesas.
Me he transformado en un ser
despreciablemente bueno.

UNA VIDA PERFECTA

◆ ∿∿∿ ◆

Al pasar de los años, la doncella sopesaba las
frustraciones que la vida le iba heredando: un
hogar sin ilusiones, un trabajo fatigante y un
presente extraviado en el limbo. Un día, no hay
hora exacta, esta valiente mujer se convirtió
en el vivo ejemplo de lo que ella siempre había
juzgado. Desde entonces, nunca
se le volvió a ver.

UN FOGOSO ANHELO

♦ 〰〰 ♦

Aburrida de los caprichos de las princesas,
el hada madrina posó la varita mágica
sobre su cabeza y se dejó llevar por sus
deseos. Al abrir sus ojos se vio rodeada
de caballeros indecentes dispuestos a
complacer hasta el más exótico
de sus antojos.

Arrogante y presuntuosa, la realidad deambulaba
buscando la belleza ideal. Aquella ilusa no se daba
cuenta de que su existencia es un simple legado
de la petulancia humana.

#TRENDING

◆ ∿∿∿ ◆

Queriendo hacer un cambio de imagen, la
bondadosa madrastra acude al cirujano.
Quince días, siete horas y dos chequeos
médicos rutinarios después:
—Espejito, espejito, ¿quién es la más hermosa?
—Tú, mi querida Blancanieves.

ES MEJOR LA CURA QUE LA ENFERMEDAD

◆ ∧∧∧ ◆

Cansada de las burlas de las princesas, la sirenita agarró su puñal —aquel que tenía destinado para otros asuntos— las atormentó lentamente una a una, y con sus lágrimas de súplicas eliminó su cola pegajosa, larga y escamosa de la cual el príncipe se había enamorado.

ELEGANTE DOSIS DE PRESUNCIÓN

◆ 〜〜〜 ◆

Varios días sin cenar, Hansel se pesa y anota
los kilos perdidos en una pequeña libreta, sabe
muy bien que la bruja del bosque
los prefiere flacos.

TENDENCIA OTOÑO-INVIERNO

◆ 〰〰 ◆

Aburrido de su aspecto, el príncipe
encantador decide cambiarse el color de
uñas por un azul marino.

AMOR DE HERMANAS

Orgullosa, Cenicienta exhibe su hermoso
vestido blanco, engalanado de perlas rosadas,
ante los rostros sin ojos de sus hermanastras.

VANA ILUSIÓN

◆ ∿∿ ◆

Después de un largo y profundo sueño, la Bella
Durmiente tiñe sus canas, oculta sus arrugas,
maquilla sus ojos esperanzados, delinea sus labios
sin carne y arregla sus frágiles uñas. Escucha las
campanadas del reloj y, al paso que su cuerpo se
lo permite, emperifolla su lecho y lo perfuma para
disimular el olor a añejo. Agrega unas cuantas gotas
de valeriana a su copa de vino polvorienta, lo bebe
y de nuevo cae en aquel insondable sueño
en espera del beso del príncipe ideal.

UN TOQUE DE BUEN GUSTO

Tres días, dos noches y un par de minutos, le
tomó al zorro decorar sus muebles
con la piel de aquel humano.

PRIMERO MUERTA QUE SENCILLA

◆ ∧∧∧ ◆

Todas las mañanas, después de hacer el amor con su esposo y antes de servir el desayuno y llevar a los niños al colegio, la Muerte Madrina se alisa el cabello, se encrespa las pestañas, se aplica un poco de rubor en su pálido rostro y se pinta los labios de carmesí. Tiene claro que una imagen vale más que mil palabras.

Son las seis de la mañana y como de costumbre la voracidad inicia su recorrido. Va de casa en casa a visitar las buenas almas, las escucha, las analiza y al final receta: 1 gota de avidez, 3 ramitas de glotonería y 5 lágrimas de egoísmo, se revuelve bien y se toma 15 minutos antes de dormir.
¡Ya está! Una más de camino al Edén.

EXQUISITO ANTOJO

Al despertar sintió su suave e inconfundible ronroneo. Solo entonces se dio cuenta de que el amor de su vida intentaba devorarla.

EL REGRESO

¡Mira el reloj! Han pasado tres días y su doncella aún no ha regresado con el desayuno.

VIRILIDAD A FLOR DE PIEL

◆ ∿∿∿ ◆

La bestia, después de succionarle el alma a la princesa, le acaricia el cabello y le pregunta con ternura: ¿qué te pasa?

FELIZ DÍA DEL PADRE

◆ 〰〰〰 ◆

¡Croac-croac!, clamaba el sapo mientras la hija menor del rey preparaba la receta favorita de su padre «Sapo a la naranja».

DIGESTIÓN

El payaso la observa profundamente, le enseña el color rojizo de sus puntiagudos dientes y la besa. Gretel despierta y se da cuenta de que aún degusta en el paladar el empalagoso sabor a pistacho de aquel payaso que se devoró.

INDIGESTIÓN

◆ ∿∿∿ ◆

Desde la orilla del mar, Pinocho contempla cómo el cuerpo de su amado es saboreado por otro.

UN JUEGO DIVERTIDO

Las aves enmudecen cuando las doncellas las
despluman una a una para jugar a la cocina.

UTÓPICA LIBERACIÓN

◆〰〰〰◆

Miró la cocina y no lo soportó más. Con guantes y tapabocas, Juan el Fiel salió para no volver jamás.

APETITOSO DESEO

El lobo, el príncipe y Rapunzel las observan
con asco; entre tanto, Bella y Caperucita
vuelan desnudas al ritmo de un tango.

LOS PERSONAJES SEGÚN VES ÉRASE UNA VEZ...

ABUELA

Es una dama muy elegante, le encanta la cocina y se le reconoce por su especialidad «princesas en salsa de ciruela». Lleva años casada con el viejo lobo del bosque, pero sus complacencias en el amor son bastante particulares, por esto, de vez en cuando se le ve con lobitos que no pasan de los treinta y cinco años.

ÁNGELES NEGROS

Son aquellas damas caritativas, que se dedican al arte del acompañamiento de los más ancianos para entregarlos, con métodos poco ortodoxos, a las fauces de la Muerte Madrina.

BLANCANIEVES

Esta princesa es conocida debido a su mal carácter, ya ni siquiera los enanos la soportan. Desde su divorcio se le ve por las noches en la búsqueda de algún amante, pero siempre termina durmiendo sola. Y si bien, dada su extraordinaria belleza, resalta, todos saben que fue ella quién quemó a su madre.

BELLA

De esta princesa sabemos lo mismo que ustedes, es la más joven de tres hermanas y, como su nombre lo dice, la más bella. Alardea de su virginidad y de la espera por aquel merecedor hombre. Empero, se le ha visto muy seguido con Caperucita en lugares poco aptos para señoritas.

BELLA DURMIENTE

Cientos de príncipes han rozado sus labios. Flacos, gordos, altos, chaparros, de todas la nacionalidades, acentos y colores y, sin embargo, ninguno ha cumplido con sus expectativas. Han pasado algunas décadas y ella sigue allí, con los años acentuados en su rostro, a la espera de su príncipe perfecto.

BESTIA

Se refiere a la transformación de algunos príncipes, reyes o seres del sexo viril que se transforman en horripilantes criaturas cuando sus deseos no son saciados. Ahora, dicen que en los últimos tiempos esta condición se ha manifestado con un menor porcentaje en el sexo femenino ¿conocen a alguna?

CABALLEROS

Son hombres gentiles, atentos y valientes que luchan por su pueblo. Entre sus funciones está la de escoltar a los príncipes al momento de liberar princesas de dragones y cualquier otro malhechor, aunque para nadie es un secreto que son ellos quienes hacen todo el trabajo sucio. A pesar de su gloria, a la mayoría de estos héroes siempre se les ve solitarios cabalgando de cantina en cantina. Pero hay uno en especial que, sin importar la deformidad de su rostro causada por una maldición, ha encontrado el amor en otro hombre.

CAPERUCITA ROJA

Esta joven, celosa de su abuela porque estaba casada con su amor platónico, dedicó varios años a hostigar al lobo de diferentes maneras. Empezó en el bosque bajo la vieja excusa de la dulce jovencita que estaba perdida; en casa de su propia abuela buscaba los momentos para insinuársele premeditadamente, algunas noches salía a bailar ligera de ropa frente a él y sus amigos. Y el lobo, que por algo se ha ganado su fama, no fue indiferente ante tanta seducción.

Ha pasado casi un año, ahora se ve a Caperucita con un tierno lobito en brazos, y aunque todos saben quién es el padre, este, ante la situación se hace el desentendido.

CAZADOR

Reconocido por su instinto para hallar a cualquier ser vivo sin importar donde se encuentre, este hombre de baja estatura y grueso cuerpo es la persona más solicitada en el reino. En su hoja de vida tiene algunos registros como rescates de niñas, abuelas y princesas, muertes de lobos y zorros, engaños a madres malvadas, gustos por los corazones de jabalíes, lenguas de gigantes y uno que otro ganso. Su obsesión por Blancanieves lo ha llevado a decorar la sala de su casa con rostros de similar belleza.

CENICIENTA

Cenicienta se distingue por tener los pies más pequeños del reino y un olor a cenizas que nadie aguanta. Se le ve a menudo en bares junto a Blancanieves ayudándola en la búsqueda de su nuevo príncipe. Es un poco caprichosa y aunque su hada madrina trata de complacerla en todo lo que pide nunca queda satisfecha: zapatos de cristal, vestidos de todos los colores, carrozas de diferentes marcas y aún quiere más. Los que la conocen dicen que es mejor tenerla de amiga que de enemiga. Después de cortarle la garganta a su madrastra y enviar al clan de los pájaros a sacarle los ojos a sus hermanastras, ha dejado bien claro su mensaje: con ella nadie se mete.

DONCELLAS

Estas señoritas son educadas desde muy pequeñas para formar una familia perfecta: limpiar, planchar, cocinar y atender a su esposo e hijos hacen parte del manual de urbanidad.

EL SASTRECILLO VALIENTE

Este hombrecillo de gran destreza ya no es más un simple sastre. Ahora es uno de los hombres más poderosos del reino y no precisamente por estar casado con la hija del rey. Es aquelególatra y hablador que con trucos sucios y mentiras ha logrado posicionarse como «la mano derecha del rey». Su fama que le precede como asesino de mujeres, gigantes, unicornios y jabalíes (asuntos que aún no han podido ser comprobados) la ha usado a su favor para intimidar al pueblo y lograr de esta manera el control de los habitantes, incluyendo a su mujer.

¿En sus reinos tienen algún personaje con características similares?

ENANOS

Estos siete enanitos no son tan dóciles como parecen. Detestan a las princesas (culpa de Blancanieves), pues les parecen siniestras. Están aburridos del bosque y sueñan con vivir en un lujoso palacio en medio de la ciudad. Son codiciosos y por esto duran noche y día en busca de oro, menos Doc, el más viejo y sensato de los enanos, quien prefiere trabajar en un bar con tal de tener la libertad de acariciar el imperfecto rostro de su caballero.

GRETEL

Esta dulce niña se ha convertido en el terror de los villanos. Su aversión por el dulce —resultado de aquella experiencia en el bosque con la cabaña y la bruja— la han convertido en una carnívora empedernida, práctica que la ha llevado a escribir un libro de cocina, que se ha convertido en el *best seller* de estos tiempos. En este, se encuentran diversas recetas con todo tipo de ingredientes: barbas de magos malvados, verrugas de brujas, dientes de payasos asesinos, dedos de duendes ambiciosos, pelos de demonios y uno que otro ojo de ogro.

HADAS MADRINAS

Estas mujeres consagradas a satisfacer a los demás, no suelen ser tan felices como las imaginamos. Tienen una extenuante demanda ya que en los últimos tiempos existen más señoritas que desean vivir de las apariencias. Agotadas por tanto deseo: que el carro último modelo, que la cirugía de senos, que la lipoescultura, que la falda de moda… no tienen tiempo ni para ellas. Por esto, muchas están renunciando a ser hadas para convertirse en exquisitas damas de compañía.

HANSEL

Al igual que su hermana, Hansel vivió una experiencia traumática en el bosque al ser abandonado por sus padres. Desde entonces, se ha obsesionado con la caza de brujas, práctica en la que no ha tenido muy buenos resultados. Poco se le ve en el pueblo, cada vez luce más delgado y ojeroso, se habla de que sufre de esquizofrenia, que su aborrecimiento por el dulce lo ha llevado a la anorexia y, hasta los más incrédulos, dicen que al pobre le han hecho mal de ojo. Lo que no saben es que la bruja del bosque sigue viva, que con su rostro desfigurado y medio cuerpo quemado ha conquistado el corazón de Hansel, y ahora él está dispuesto a hacer lo que sea por ella.

HIJA MENOR DEL REY

A esta hermosa y antojadiza princesita le gusta enamorar príncipes encantados, en especial a los que están convertidos en sapo. Suele seducirlos con su tierno rostro y sus lágrimas de lástima. Su estrategia consiste en dejar que su pelota favorita caiga al pozo, les promete joyas y dinero para que estos salgan a su rescate y, a pesar de que al principio los rechaza —parte de su engaño—, logra que la sigan hasta su castillo. Allí se aprovecha de que estos solo quieren besarla para así romper el hechizo. Lo que no saben estos pobres es que serán parte del menú de la noche.

JUAN EL FIEL

Este leal hombre, quien sirvió al rey por muchos años, se caracterizó por su honradez y paciencia ante los raros antojos de su amo. Al rey le encantaba cocinar, guiado por el recetario de Gretel se dedicaba a preparar la cena todas las noches. Patas de ranas, corazones de damas, colas de cerdo, finas hierbas y una que otra verruga de bruja hacían parte del menú. Pero era al pobre Juan al que le tocaba limpiar aquel descomunal desastre de la cocina. Un día cualquiera, este fiel sirviente desapareció, nadie sabe dónde está, el rey lo ha mandado a buscar hasta en las lejanas cuevas del reino. Algunos criados murmuran que se marchó cansado de no ser correspondido en su amor, otros dicen que se aburrió de tener que limpiar cada noche las desagradables manchas de sangre, resultado de los gustos culinarios del hombre que amaba.

LA MUERTE MADRINA

Aunque su nombre pueda inspirarnos un poco de temor, esta popular dama sobresale no solo por el amor y dedicación hacia su familia, sino también por su profesionalidad; respetada y admirada tanto en el Edén como en el Averno. Como toda fémina, la vanidad hace parte de su forma de ser, por esto se la ha visto en diferentes representaciones —una verdadera celebridad nunca repite de atuendo— con variadas y exquisitas vestimentas.

LOBO

El lobo es un personaje encantador, caballeroso, amable y zalamero. Le gusta vestir elegante y oler rico, se destaca por su hermosa sonrisa y blancos dientes. Más de una damisela cae a sus pies, por esto los hombres de las villas le temen, saben bien que sus mujeres podrían ser devoradas. Su método de seducción nunca falla, con palabras dulces, chocolates, flores y vino, las conquista. Y, si bien prefiere a las mayores, de vez en cuando se devora una joven.

MADRASTRA

La mayoría de estas mujeres son hermosas y elegantes. Les gusta usar finas joyas y vestidos de marca, suelen vivir de las apariencias y son un poco engreídas. Tienen fama de ser las malvadas, crueles y villanas de las historias, sin embargo, no todo es como lo pintan en los cuentos. Hemos descubierto que muchas de las historias son inventadas por princesas, quienes —poseídas por la envidia— han sido capaces de llevar a la muerte hasta al alma más inocente.

MAMÁ CABRA Y SUS CABRITAS

Madre soltera de siete cabritas. Ya se le ven los años, pero aún no renuncia al amor. Se mueve bastante en aplicaciones de citas como Tinder o Match, entre otras, y después de su última cita ha desaparecido. Sus hijas andan de aquí para allá en su búsqueda. La última vez que la vieron estaba con un caballero; célebre por su exquisito gusto por las mayores. Dicen que es amable y zalamero y que con sus encantos las lleva a su cama para devorárselas.

De las cabritas no se sabe mucho, solo se les ve tratando de sobrevivir.

PINOCHO

A este jovencito, a quien todos comparan con el pastorcito mentiroso, las desilusiones no lo abandonan. Aparte de correr con la mala suerte de no poder mentir, también tiene malos designios en el amor. No debe ser fácil convertirse en la burla del pueblo porque la persona que ama ha sido degustada por otro.

PRINCESAS

Las hay en cantidades y dicen por ahí que son las villanas del cuento. De jóvenes sueñan con la frase «...y vivieron felices por siempre», por esto, andan en la búsqueda de príncipes, anhelan ser secuestradas por dragones y gigantes, envenenadas por brujas y malvadas madrastras, algunas de ellas han sido hasta capaces de deshacerse de sus madres para lograr la lástima y las herencias de sus hadas madrinas. Hay de todos los lugares, y aunque algunas han logrado ser populares, otras no han corrido con tanta suerte. Pero, tristemente, muchas de ellas han sufrido una gran decepción, sus príncipes no fueron azules ni encantadores, la frase «por siempre feliz» se esfumó de sus manos y ahora solo les queda vivir aparentando un estatus social; de lo contrario, serían expulsadas del selecto club del té (nadie sabe de qué se trata este club, realmente, pero dicen las lenguas sueltas que de allí salen las más temibles ideas).

PRÍNCIPES

Son aquellos héroes a los que se les suele apodar príncipe azul o príncipe encantador no solo por la palidez que los caracteriza, sino también por su armonioso rostro, su fornido cuerpo, su buen gusto para la moda y su educación. Desde pequeños los entrenan para salvar princesas de dragones, despertar doncellas víctimas de encantos de madrastras y brujas, escalar torres, encontrar dueñas de zapatillas de cristal, soportar hechizos que los conviertan en sapos y bestias; y, aclaro, no solo las guapas jóvenes están en su lista de rescate y amor, también lo están príncipes y sirvientes de buen parecer. Hasta aquí ¿Quién no quisiera tener un príncipe azul? pero no todo lo que brilla es oro, se sabe en todos los reinos que algunos de estos jóvenes de tan altas cualidades son mujeriegos empedernidos que pasan de cantina en cantina disfrutando de las mieles del amor ajeno. Ustedes, ¿tienen su príncipe azul?

PULGARCITO

Este diminuto personaje, de gran viveza, se caracteriza por ser perspicaz, rápido y amoroso con sus padres y hermanos. Su diminuta estatura no se compara con la osadía que tiene al enfrentar los peligros. No obstante, su fama no solo la debe a la valentía que tuvo para enfrentar a uno de los más poderosos ogros, sino, también, por los anómalos ruidos que se escuchan al interior de su castillo. Algunos dicen que estos vienen de las almas de las siete pequeñas hijas del ogro, quienes por culpa de Pulgarcito murieron degolladas por su padre, otros dicen que son de las doncellas, aquellas que aparecen en las carteleras de desaparecidos.

RAPUNZEL

A esta pobre princesa, de hermosa cabellera, al parecer no le ha ido muy bien. Las malas lenguas dicen que la ven fumando día y noche maldiciendo el día que fue rescatada de la torre. Sus gemelos no la dejan en paz y el príncipe ni hablar, cansada se le ve de cocinar, lavar y barrer. En el poco tiempo libre que le queda, se dedica a hablar con los vecinos, quienes están cansados de escuchar sus resentimientos contra Bella y Caperucita.

REY

Como sabemos, la mayoría de estos son aquellos príncipes que heredan la avaricia de sus padres para seguir robando a su pueblo. Suelen aparentar lo que no son y utilizan su poder para ocultar hasta el más peligroso de sus secretos ¿Conocen de algún reino que esté sometido por alguno de estos reyes?

RUMPELSTILTSKIN

También conocido como el enano saltarín. Goza de popularidad entre las damas de compañía que desean contraer matrimonio con algún noble de la corte del rey, se caracteriza por su personalidad burlesca y despiadada al momento de cobrar por sus favores. Ni siquiera aquella sirena que logró conquistar su corazón, se salvó de su impiedad.

SAPOS ENCANTADOS

Hace muchos años, estos pequeños animales verdes y pegajosos contaban con la suerte de romper sus hechizos con prometedoras y bellas jóvenes para llegar a convertirse en príncipes encantadores. Sin embargo, algo cambió: la leyenda cuenta que en la época en que un mortífero virus rondaba por el reino, una hermosa dama se enamoró de un sapo que llevaba más de una década hechizado; lo visitaba todos los días al pozo, le llevaba comida, le narraba historias y, cuando tuvo la aprobación de su padre, lo invitó a su reino para desposarse y romper el hechizo. Al llegar el día de la ceremonia algo inesperado ocurrió, cuando el cura los declaró marido y mujer, y pidió que se besaran, el sapo huyó despavorido y croando a voz populi: «prefiero ser sapo antes que contagiarme». Ha pasado algún tiempo y aún se escuchan los rumores de que esto fue una simple excusa del sapo para evadir las responsabilidades conyugales. Desde entonces, los sapos se han convertido en parte del festín principal en los hogares de alta alcurnia, mandato estipulado por la realeza.

SIRENITA

La frustración ha estado presente en su vida. Desde pequeña ha sido víctima de las demás princesas quienes se han burlado de su cuerpo por ser diferente. En el amor, las circunstancias no mejoran. La consecuencia de querer ser humana para conquistar el corazón de un príncipe que se fue con otra mujer, la han llevado a vivir bajo el dolor inclemente de sus piernas quienes soportan la sensación de cuchillos clavados. Poseída por la tristeza, vive bajo los aposentos de una relación tóxica con un personaje que la quiere, pero no la valora. Por este destino que la vida le ha dado, la dulce y hermosa sirenita con voz de ángel se ha convertido en la mujer que ha decidido vengar sus penas.

SOLDADITO DE PLOMO

Este valiente soldado es uno de los personajes más bondadosos. A pesar de la deformidad causada por el intenso fuego de la traición, él aún sigue allí, firme; espera que su amada bailarina lo haga partícipe de su lujuria.

YORINDA

No es alta, pero tampoco bajita, su cabello ondulado, no tan corto ni tan largo, sus ojos color miel y sus grandes atributos representan la tentación al pecado personificada para muchos y muchas. Durante años estuvo encerrada en una jaula de cristal, por lo que, ahora, disfrutar de su libertad es todo lo que le importa. Fue rescatada por Yoringuel, quien enamorado la llevó a vivir con él. Juntos formaron un hogar: ella, Yoringuel, los tres cerditos y un lacayo parecían ser la familia perfecta. No obstante, esa no era la vida que Yorinda quería, su idea de ser libre iba más allá de lo que su familia le podía ofrecer. Sin decir ni una palabra, la ha abandonado para probar con total libertad los manjares que la misma vida le ofrece.

YORINGUEL

Aunque es un hombre de gran corazón, sus celos descarriados lo han llevado a realizar actos que cualquier persona en «buen» estado mental no haría, o díganme ustedes, ¿qué pensarían de aquel que tuvo la osadía de desafiar al diablo por defender el honor de una mujer que lo rechaza?

ZORRO

El señor Zorro goza de buen gusto, sus nueve colas lo demuestran, pues es así como a más de una zorra enamora. Y si usted ha leído su relato, entenderá que entre gustos no hay disgustos.

NOTA DE LA AUTORA

◆ ∿∿∿ ◆

Las descripciones de los personajes de Ves érase una vez... fueron realizadas desde la perspectiva de ficción por parte de la autora y desde la investigación de cada una de las historias originarias de la tradición oral, recopiladas por diferentes escritores como los Hermanos Grimm, Charles Perrault, Hans Christian Andersen, entre otros.

www.ingramcontent.com/pod-product-compliance
Lightning Source LLC
Chambersburg PA
CBHW041728240626
47171CB00001B/1